그래도 인생은

그래도 인생은

초판 1쇄 인쇄일 2016년 5월 20일
초판 1쇄 발행일 2016년 5월 25일

지은이 엄서영
펴낸이 양옥매
표지 디자인 남다희
내지 디자인 황순하
교정 조준경

펴낸곳 도서출판 책과나무
출판등록 제2012-000376
주소 서울특별시 마포구 방울내로 79 이노빌딩 302호
대표전화 02.372.1537 팩스 02.372.1538
이메일 booknamu2007@naver.com
홈페이지 www.booknamu.com
ISBN 979-11-5776-193-7(03810)

이 도서의 국립중앙도서관 출판시도서목록(CIP)은 서지정보유통지원 시스템
홈페이지(http://seoji.nl.go.kr)와 국가자료공동목록시스템
(http://www.nl.go.kr/kolisnet)에서 이용하실 수 있습니다.
(CIP제어번호 : CIP2016012116)

그래도
인생은

엄서영 지음

책과나무

자서전적 글모음

뒤돌아보니 아득하게 느껴지기도 합니다
가난하던 어린 시절 11살에 어머니가 돌아가신 후부터
어려운 삶은 시작되었죠
어린 몸으로 남의 집 살이를 하다가
다행히 중단했던 초등학교를 졸업하고
6학년 때 담임선생님의 배려로 재활부에서 일한 덕분에
중학교엔 가까스로 입학하게 되었지만
가난으로 1학기만 겨우 다니고 중퇴를 한 후
기숙사가 있는 회사에 들어가
그 곳에서 25살에 산업체 중학교를 졸업하고
28살에 방송통신고등학교를 졸업합니다
그리고 30살에 결혼해서
1남 1녀를 두고 살아왔습니다
결혼한 후 살아오면서
방송통신대학 법학과를 졸업하고
최근에 원광디지털대학 한국어 문화학과와
동양학과를 졸업했습니다
지금 나이 58살
인생의 황혼에 서서
살아오는 동안 외롭고 서글펐던 삶의 고비마다
살아내기 힘겨웠던 순간들의 흔적들을
정리해 보고 싶었습니다
부끄러운 것은 많지만
용기를 내기로 하였습니다
저와 같은 시대를 살아온 사람들에게는
어쩌면 저의 이야기는 흔한 이야기 일지도 모릅니다
그러나 현대를 살아가는 젊은이들의 삶도 팍팍할 것이기에
그들에게도 조금의 위로가 되었으면 하는 마음입니다
밤하늘에 펼쳐진 수 많은 별처럼
꿈을 꾸며 살아갔으면 좋겠습니다

그래도 인생은
– 1 부 –

사십대의
회상

- 2 부 -

젊은날의
초상
- 3 부 -

그래도
인생은

/

나에게 주어진 것들을
헤아려 봅니다

하루해와
저녁별
맑은 하늘과 깨끗한 바람

복잡한 세상을 살아내기엔
턱없이 부족한 것 뿐이지만

변치않는 마음으로
나에게 주어진 것들을 사랑하고
풀잎같은 하루에게
인사를 하겠습니다

/

가을인가

가을인가
나도 모르게 먼 하늘 바라보며
깊은 생각에 잠기게 되는 건

구비 구비 걸어왔던
지난 날들을
아련히 파란 하늘에 펼쳐보면서

억새풀 우거지고
노랗고 빨갛게 물들어 가는
들판같은 마음을
허수아비처럼 바라보네

생각해 보면
가을마다 선뜻이 부는 바람에
설레이며 익어가던 마음도
이제는 다 지나간 일

붉게 노을지며 저물어 가는
생의 황혼녘에 서서 바라보니
모든 것이 풋사과처럼 풋내나는
웃음 뿐이네

주어진 대로

나에게 주어진 것들을
헤아려 봅니다

하루해와
저녁별
맑은 하늘과 깨끗한 바람

복잡한 세상을 살아내기엔
턱없이 부족한 것 뿐이지만

변치않는 마음으로
나에게 주어진 것들을 사랑하고
풀잎같은 하루에게
인사를 하겠습니다

나팔꽃

나의 외로움은
긴 밤 지새운 뒤
맑은 이슬 머금고 피어난
나팔꽃입니다

나는 나팔꽃을 고이 따서
책갈피에 끼워놓았습니다

책갈피마다 피어나는
오래된 나팔꽃은
소중한 기억처럼 나를 쳐다봅니다

종이보다 얇아진 나팔꽃 위에
잊지못한 말들을 적어
편지를 씁니다

별을 씻어서

오늘 하루는
가슴 속의 별을 꺼내
빨래를 하겠습니다

오래 묵어서 곰팡이가 핀
나의 별을
깨끗이 닦아보겠습니다

깊이 묻어두고 돌아보지 않았던
별의 몸뚱아리에는
얼룩덜룩 눈물 자욱이
찌든 때처럼 묻어 있습니다

맑은 물에 별을 담가
담담한 빛깔의 비누로
씻어봅니다

정성껏 문질러
깨끗이 씻기운 별에
내 얼굴을 비춰봅니다

오늘도 그렇게

감기로 인해 근 2 주만에 자전거를 탔다

온천천에는 코스모스들이
가을이 왔다고 웃으며 인사하고 있었다
수영천에서는 작은 물고기들이 오늘따라 유난히
물 위로 첨벙첨벙 뛰어오르곤 하였다

몸을 부딪혀 오는 공기는 나의 호흡기를 지나
몸 속으로 들어갔다
사람들은 자전거를 타거나 열심히 걷기를 하면서
나의 곁을 스쳐갔다

페달을 밟을 때마다 새로운 즐거움이
체인을 따라 순환되었다
신선한 정기가 등에서
땀으로 흘러내렸다

한 쪽 길엔 우람한 나무와 수풀과 꽃밭이
반대편엔 물고기가 뛰어오르는 자전거길을
달리고 달려 광안리에 도착하면
탁 트인 바다 위에 광안대교가

달리는 자동차들을 위해 팔을 뻗고
태권브이처럼 서 있는 광경이 펼쳐진다

오늘도 다른날과 마찬가지로
파도는 바닷가를 간지르며 철썩거리고
사람들은 바닷바람을 들이마시며
한가하게 산책을 한다

저 멀리 떠 있는 태양은
오늘은 안개에 가려있지만
언제나 말없이 그 곳을 지나고 있었다
말없이 흐르는 인생처럼
그렇게

빛나는 바다

오늘 아침의 바다는 이상했다

바다는 유난히 잔잔했고
비단을 깔아놓은 듯한 바다 위로
무수히 많은 눈부신 햇살 가루가 흩뿌려져
물결따라 빛나는 반짝거림이 황홀하였다

바다는 현자의 마음처럼 고요히 밀려와
파도의 가장자리에 대고 조용히 속삭였다
그 속삭임은 내 마음에 울려 퍼졌지만
바다의 뜻을 다 알 수는 없었다

나는 그 뜻을 알아보려고
반짝이는 바다와 잔잔히 밀려오는 파도를
한참 동안이나 바라보고
보이지 않는 바다 그 속까지도
헤아려 보았지만

아무것도 알지 못한 채
빛나는 물결과
속삭이는 파도소리만이
내 마음을 파고들었다

비 개인 아침

비 개인 아침
어디선가 까치 소리
들려오네

하늘은 말끔하게
새 단장을 했네
청정한 바다처럼
파란 물이 가득 찼네

풀잎에는
아직 남아 있는 빗방울들이
이슬처럼 맺혀 있네
새삼스레 비추이는 환한 햇살이
왠지 무안하네

밤새 울어서
속이 풀린 하늘이
부끄런 듯 쏟아내는 햇빛

생의 끝자락에서

나는 지금
평온과 한적함 속에 있습니다

메마른 외침과
공허한 울부짖음으로
사막 같던 날들은
저만큼 밀려가 버렸습니다

높은 파도에 시달리다
마침내 해안가에 떠밀려 온
낡은 조각배처럼
바다는 머언 추억이 되었습니다

못 견디게 괴로웠던 날들도
참기 힘들었던 생의 파편들도
대답 없던 삶의 의문들도
부질없는 허공 속으로 사라져 버렸습니다

평온 속에는
아무것도 남지 않았습니다
아무런 의문도 없습니다
그저 애타게 지나왔던 날들만이

나를 대견하게 합니다

지금 삶의 한가운데를 지나고 있는
그대에게
말을 건네고 싶습니다
아무것도 아니라고

침묵

무슨 말을 할까요

지나간 세월은 말이 없는데

굳이 침묵을 깨뜨려서

말하라 하심은

굳어 버린 마음을 녹여서

탕약을 지으라는 것인지요

온갖 인생의 쓰디쓴 약초처럼

달이고 달여서

꾸욱 짜내라는 것인지요

옹달샘

내 마음 깊은 곳에 있는
나를 만난다

거울처럼 마주 보며
찌그러진 곳은 펴 주고
먼지는 닦아내면서

말로 다 표현하지 못했던 마음들을
하나씩 꺼내어 읽어 본다

남들은 어차피 볼 수 없는
안타까운 마음들을
나만은 알고 있으므로

나는 나의 참모습을
맑은 눈으로 바라보며
가만히 어루만져 준다

눈물은 고여서
옹달샘이 되고

바람이 지나간 옹달샘에
낙엽을 따라온 작은 새가
얼굴을 비추인다

캄차카의 용암

뜨거운 심장이
녹아내린다

도도히 흘러내리는
붉은 심장

끓어오르는 뜨거운 저 흐름에
휩쓸릴까 두려워
감히 가까이 할 수도 없는

강철마저 녹여 버리는
저 극한의 恨

지구 깊은 곳에서
뿜어져 나오는
저 붉은 눈물

어떤 슬픔

알 수 없는 슬픔이
가슴을 할퀸다
무슨 일이 일어나려는 징조인 건지

다른 아무것도 할 수가 없고
단지 노래를 들으며
마음을 어루만져 보지만

눈물도 외면한 채
짓눌러 오는 슬픔 앞에
주저앉고 만다

내 생을 다 바쳐 지켜 온
그 무엇이
산산이 부서지는
소리 없는 파열만이
나를 분열시키고 있다

남쪽 바다

머나먼 바다
수평선 너머로
아스라이 사라져 가는
배 그림자

내 마음 가득 싣고
멀어져 가네
잡을 수 없는 뱃고동
소리만 남기고

배 떠나는 자리엔
넘실대는 물결들이
외로움처럼 갈라지고

해변가에 주저앉아
텅 빈 수평선을 바라보니
쓸쓸한 바람 불어
가슴속을 휩쓰네

우리가 걸어온 길

우리가 믿어 왔던 삶이
어느 날
다른 모습으로 발견되었을 때

황망함과 서글픔으로
당황하며 눈물 흘릴 때

그래도 다시 새로운 마음으로
회복할 수 있는 것은

지나온 발자국들이
선명하기 때문입니다

비록 생각지 못한 곳에 이르렀을지라도
거기에 도달하기까지
한 발짝 한 발짝 온 힘을 다 해
걸어왔기 때문입니다

거친 황야

가슴속에
황량한 바람이 분다
태곳적부터 있어 왔던
거친 황야가
망망히 펼쳐져 있고

흔들리지 않으려 애쓰지만
언제나 휘청거리는 발걸음

술병 같은 세상을 한 손에 쥐고
머나먼 지평선을 바라보며
비틀비틀 걸어가는 나그네

해가 저무는 곳까지는
무사히 가야 할 텐데

아직은 잠들면 안 될 텐데

무제

속절없이
세월은 간다

슬프고 괴로워서 울부짖던 시간들도
넘실대며 흘러가 버렸다

죽을 듯이 휘몰아치던
마음의 고통도
언제 그랬냔 듯
쓸려갔다

남은 것은
씁쓸한 웃음뿐

이렇게 부질없는 것을
왜 그랬던가

하릴없이
허무한 마음만 탓하네

일어나

툭툭 털고 일어나
슬퍼할 것도
아파할 것도 없어

본래 부질없는 것이 인생이란 걸
몰랐단 말인가

무엇을 붙잡고자 그리 애를 태우나
자존심?
겨우 그것뿐이었나?

하릴없는 짓이라네
모두 놓아 버리게
삶은 결국 아무것도 아닌
텅 비고 허망한 것

그냥 껄껄 웃고 마시게나
누가 뭐라건
신경 쓸 가치도 없는 거라네

두려워 말고
자신 속에 있는

참된 모습을 믿어
그 모습에 거짓이 없다면
무엇이 두려울겐가

일어나
앞으로 가

못 떠남

항상
언젠가 떠나리라 생각하며 살아온 삶

막상 떠날 때가 되었는데
떠나지 못하네

못 떠난다
발목을 붙드네

삶에 대한 예의

모두가 헛소리
모두가 개소리

속고 속이고
뒤엉키며 사는 것

나를 우롱하는 사람에게
당해 주는 것도 예의

껄껄껄 웃으며
하늘 한 번 쳐다보고

사람 얼굴 한 번
쳐다보고

인사 한 번 하고 가네

용서

마음의 상처로 고통스러울 때
그 아픔으로 가슴이 무너질 때
나는 남에게 그런 적 없었나 돌아본다

나도 누군가에게
상처를 주었을 것이다

내가 깨닫지 못한
철없는 말들로
누군가의 가슴을 도려냈을지 몰라

사람이란 그런 것
아무것도 모른 채
상처를 주고받는다

지금 내가 아픈 만큼
누군가도 많이 아팠겠지

나도 모르고
그도 미처 몰랐겠지만

이렇게 아픈 가슴은

언젠가의 나의 잘못을 깨우치라는
회한의 눈물

미안해
용서해요

허망한 마음

허망하다고 생각하는 것도
허망하기 그지없네

아무런 남는 것 없이
부스러져 사라져 버리는 모든 것들

생명의 끈을 잡아 보려 해도
먼지처럼 잡히지 않고
허공에서 허우적대다가

그마저 허망하여
망연한 마음

유령 같은 공허만이
가슴을 휘젓네

늪

내 속엔
절대로 죽지 않는
지랄 같은 내가
펄펄 살아 있어

나를 죽이고 싶다 하네
못나 빠진 나를
도저히 참을 수 없다고
죽으라 하네

나는 아무 힘도 없는데
어쩌라고 이리 날뛰는 건지
알 수가 없는데

쉬임 없이 난도질하는
지랄 같은 나
차라리 죽어 버리라고
담금질하네

부질없는 마음

참기 힘든 역겨움
견디기 어려운 모멸감
화산처럼 폭발시켜 버리고
태풍처럼 쓸어버리고 싶은
울분 속에서

과연 나는 무엇인가
운명의 수레바퀴에 깔려서
신음할 수밖에 없는
미천한 존재일 뿐인가

돌이켜 생각하니
그들도 모두 사람이었더라
사람이기에 그렇다는 걸
다시금 되새겨 보니

화날 일도 아니구나
그런 게 인생이지
차분해지는 마음
서글픔보다는
부질없는 마음 밀려오네

그런 날

오늘은 그런 날인가 보다

자꾸 한숨이 나오고
가슴이 답답하며
마음의 고통이 일렁이는 날

이런 날도
지나고 나면
별것 아니더라

마음을 다스리려고
이리저리 생각해 보는 것도
부질없어라

그냥 두 눈 질끈 감고
슬픔과 고통이 다 지나도록
내버려 두리라

서글픈 날

이 서글픔은
어디에서 오는 것일까

내 인생에 대한 서글픔
새로 고침으로 지우고 다시 쓸 수도 없는
나의 인생

그때 그랬었다면 하고
백 번을 생각해 본들 다시 돌아갈 수 없는
지나온 길

왜 오늘 이렇게
사무치나

모든 것이 운명이었음을
인정하기 싫다는 건지

떼쓰는 아이 같은
내 심정

인생길

세상에
나처럼 서글픈 인생이
얼마나 많았으랴

오히려
나보다 더 억울하고
억장 무너지는 삶도
많고 많았으리

인생이란 그런 것
아무것도 내 뜻대로 되어지는 일 없고
아무것도 내 힘으로 되어지는 일 없네

무엇을 바라고
무엇을 구할 건가

모든 안타까움을 버리고
나에게 주어지는 가시밭길을
순교자처럼 살아가야 한다네

바람이 전하는 말

슬퍼하지 않으면 좋겠어요
서글퍼 하지도 않았으면 좋겠어요

인생이란 그런 것
누구에게나 아픈 시간 있답니다

다른 사람 아플 때
그 사람이 이겨 내길 바라는 것처럼
아픔을 이겨 내 보세요

아픔을 이기는 것이
슬픔을 이기는 것이
운명을 이기는 것이란 걸
그게 바로 인생의 꽃이란 걸

척박한 시멘트 사이로 돋아난
작은 풀잎이 말해 주었어요

인생은 바람 같은 것
모든 것은 지나가고 말 거라네요

운명을 이겨 내고
생의 꽃을 피우면
바람처럼 흐르고 흘러
마침내 하늘의 별이 될 거래요

생명의 노래

생명에는 차별이 없습니다
생명에는 높고 낮음이 없습니다
생명에는 선하고 악한 것도 없습니다
귀하고 아름다운 것만 있습니다

내 속의 생명과 마주할 때에
비로소 존재의 기쁨을 깨닫게 됩니다
생명과 만나면 외로움은 물러갑니다
생명과 만나면 허무함은 사라집니다

생명과 만나고 나면
세상의 그 무엇도
부질없는 것임을 알게 됩니다
생명을 외면하면
모든 것은 허망해집니다

나는 지금 생명 속에 있습니다
그래서 존재의 충만함을 느낍니다
언젠가 나의 생이 다하는 날까지
이 아름다운 생명과 함께하렵니다

존재의 이유

이 세상에
생명보다 좋은 것은 없어요

아무리 좋은 음식과
아무리 좋은 집과
온갖 보석을 준다 해도
생명과 바꿀 수는 없어요

온 우주를 통틀어도
생명만큼 귀한 것은 없어요

부귀도 명예도
생명 앞에서는 초라한 이름

내가 존재하는 것은
잘나서도 아니고
위대해서도 아니고

오직
나에게 생명이 있기 때문입니다

왜 사냐건

왜 사냐고 묻거들랑
웃지만 말고
말을 해 보세요

살아 있어서 사는 거라는
그런 말은 마세요

부디 기억을 떠올려
우리가 어디로부터 왔는지
생각해 보세요

신성한 생명을 부여받아
태어난 우리
세상에 하나뿐인 존재

함부로 살아선 안 돼요
욕심 부려서도 안 돼요

참되고 아름답게
생을 꾸려 가야 해요

왜 사냐건
소중한 생명을 위해 살아간다
말해 주세요

나는 무엇인가

지구가 생성된 후
인류가 출현하고
헤아릴 수 없는 인간이
태어났다 사라져 갔네

신화시대 이전부터 이어져 온
인류의 역사에서
아무도 살아남은 사람 없이
위대한 영웅들도
이름만 남았다네

그러나
이름조차 남지 않은
흔적 없이 사라져 간 무수한 사람들
그들도 살아생전에는
있는 힘을 다해 살았으련만

나도 그들처럼
아무 흔적 없이
세상을 살다 떠나리니

욕심을 부려서 무엇하고
미련을 두어서 무엇하리

사라져 간 목숨들에게
경의를 표하면서
나에게 주어지는 하루하루를
풀잎처럼 살아가리라

무얼 위해 사나

세상의 명예가
그리 아름다운 걸까
세상의 보물이
그리 만족스러운 걸까
모든 것이
죽어지면 그만인 것을

살아가는 동안
우정과 평화와 즐거움
너와 내가 누릴 수 있다면
그보다 큰 기쁨 없으련마는

무엇을 위하여 헐뜯고
무엇을 위하여 싸우나

한 번 주어진 생명
짧은 세상 사는 동안
참된 마음으로 서로를 바라보며
꽃처럼 웃으며 살아갔으면

저녁에 서서

해 지는 저녁에 서서
붉게 물든 하늘을 바라보며
생각해 본다

오늘 하루
내 마음에게
얼마만큼 인사하였는지

아침에 솟아오르던
해님과 약속했던 말들을
기억하고 지냈는지

내 속에 존재하는
아름다운 생명을
잊고 지나진 않았는지

오늘도 풀잎들은
웃으며 나에게 인사를 하고
나는 감사함에 고개 숙인다

나와 당신

나는
세상을 떠나와
깊은 산속에 있습니다

내가 떠나온 세상에는
당신이 살고 있습니다

나는 깊은 산속에서
예쁜 꽃과 나무를 보며
고운 새소리도 듣습니다

당신에게
산속에서 흐르는 물소리를
들려주고 싶지만

자동차 소리에 묻혀서
살아가는 당신은
폭포 소리도 듣지 못합니다

사진을 찍어서 보내 주어도
당신은 물끄러미 구경만 할 뿐
무슨 소리인지 이해하지 못합니다

나는 깊은 산속에 살며
당신을 생각합니다

사랑하는 너희들

너희가 있어서
지금까지 살아올 수 있었단다

아무것도 해 준 것 없었어도
애달픈 마음으로 지켜 왔던 모습

지금 이렇게 어엿한 어른 되어
삶과 의젓이 마주하는 너희를 보니
흐뭇함이 가슴에 차오른다

앞날에 어떠한 운명이
너희를 시험할지라도
주어진 생을 사랑할 수 있기를

아름다운 마음 변치 말고
넓고 넓은 세상 바라보며
웃음 가득한 얼굴로
한세상 살아갈 수 있기를

돋보기

언제부턴가 쓰기 시작한 돋보기
처음엔 괜스레 쑥스럽고
지레 늙은 것 같아 무안키도 하더니

이제는 돋보기 없으면
아무것도 제대로 보이지 않아
옆에 없으면 서운한 친구처럼
다정한 벗이 되었다네

코에 돋보기 걸치고
글도 읽고 쓰기도 하고
손톱을 깎거나
뭔가를 매만지기도 하네

돋보기 없었다면
매사에 얼마나 서글펐으랴
흐릿한 세상을 밝혀 주는 나의 벗
너와 함께 남은 삶을 엮어 가리

빗소리

감기약을 먹고
편안함 속에 누워 있네

바깥에는 밤새 내리는 비가
아직까지 내리고 있고

가슴속을 적셔 주는 빗소리에
한숨 크게 쉬어 보네

그래도 지금은
얼마나 평화로운가

쩍쩍 갈라지던 갈증으로
마른 울음 삼키며
빗소리를 듣던 때도 있었는데

촉촉이 젖은 가슴으로
옛날 일을 생각하니
하마 감회가 새롭다

경제 뉴스

새벽에 듣는 경제 뉴스
세계 경제의 흐름과
상세한 주식 분석을
전문가의 포스로 빠르게 이야기하지만
나는 하나도 못 알아듣는다

남편이 새벽에 일어나
듣다가 출근하면
그냥 꺼 버리기 왠지 서운해
알아듣지도 못하는 이야기들을
혼자 주절주절 귀에 담아 보는데

뭔 소리인지는 못 알아들어도
뭔가 급격하고 들쑥날쑥하게
요동치는 세상을 보며

나도 저 세상 어디 쯤엔가에
맞닿아 있을 거라는 생각에
공연히 마음이 쫄깃해지는 것이다

오늘

우리가 살아간다는 것은
오늘이 있어서입니다

오늘이 없으면 내일도 오지 않고
어제도 사라져 버리겠지요

고통과 괴로움과 상심 속에서도
우리는 오늘을 맞이합니다

우리가 살아가는 무수한 날들 중에
오늘만이 나를 살게 합니다

오늘은 나를 치유하고
새살이 돋게 합니다

나를 성숙하게 하는 것도
오늘입니다

나를 견디게 하는 것도
오늘입니다

오늘이 있어서
삶과 마주할 수 있습니다

오늘은 생명입니다

가을 나무

가시렵니까
뜨거웠던 날들로
붉게 타오른 채로
그렇게 훌훌

나는 아직
하늘을 향해 두 팔 들어
우리의 마음을 기원하는데

어느 사이 인연은
메마른 바람 따라 훨훨 떨어져 내려
앙상한 염원만 남았습니다

눈물도 바람에 말라 버렸는지
슬프지도 않습니다

안녕히 가십시오
무성했던 나의 일부여
푸르렀던 지난날들이여

나는 이 자리에 서서
다시 돌아올 연둣빛 꿈을 위해

혹독하고야 말 겨울을
기다리겠습니다

낙엽

나는 아무런 미련이 없습니다

사나운 태풍도
나를 떨어뜨리지 못했습니다

푸르르던 날들
나의 이파리들은
바람이 전하는 소리에
검푸르게 짙어져 갔었습니다

지난봄 연둣빛 꿈으로 태어났던
아주 작은 새싹이던 때
햇살 반짝이던 세상은
추억으로 남았습니다

여름날 무성했던 잎사귀들은
매미들의 아우성에
가슴 들뜨기도 했었지요

뜨거운 태양은
싱싱하던 날들을
붉게 물들여 놓았습니다

그리고 알았습니다
단풍처럼 황홀한 생의 환희를
그 덧없는 아름다움을

이제는 떠나려 합니다
단지 가난한 메마름으로
그리움은 그대에게 드리겠습니다

꼬옥 움켜쥐고 있던 손을 펴서
훌훌 떨어져 내려
즐겁게 굴러다니겠습니다

안부

내일은 자전거를 타고
바닷가엘 나가 봐야겠다

철썩이는 파도가
나를 기다리고 있겠지

반짝이는 물결들이
궁금해 하고 있겠지

다 괜찮다고
말해 주어야겠다
모두 괜찮아질 거라고

달

영희가 아기를 업고
엄마 심부름으로 장에 가서
사 먹지도 못하고 구경만 하는
잘 구워 놓은 호떡

등에 잠든 아기는
영희의 마음도 모른 채
새근새근 잘도 자네

호떡을 구경하며
발길 떨어지지 않는데
집에서 기다릴 엄마 생각

둥그렇게 빈 가슴을
장바구니에 담고
차마 떨어지지 않는 발걸음으로
고개 숙이고 돌아가네

우리 마음은

아니에요
그런 게 아닙니다

우리의 마음은
노란 호박꽃처럼
그렇게 순박한 거예요

단지 복잡한 세상 속에 끼겨서
이리 삐죽 저리 삐죽
피어날 곳을 찾으려고
몸부림치는 것일 뿐

마음 깊은 곳엔 누구나
인정과 따뜻함이
호박꽃처럼 노랗게 피어 있답니다

낙서

시간은 아직
오전을 지나고 있는데
오늘 하루 지날 일이 꿈만 같네

아침부터 몰아치는
이 황망함이
어디서부터 오는 것인지
나는 모른다네

오늘 일진이 어지런 건지
까닭 없이 어지러워지는
몸과 마음

흩어지는 마음 다스리려고
괜한 생각들 모아서
글을 적어 본다네

꿈자리

간밤에 무슨 꿈을 꾸었는지
까맣게 생각도 안 나는데
무엇인가 몹시도
고달팠던 기억만 남아 있네

아우성이었던 것 같기도 하고
한탄이었던 것 같기도 하고
허무였던 것 같기도 하고

아침 햇살은 저리 화창한데
새들도 저리 지저귀는데
꽃들도 활짝 방실거리는데

차마 잊지 못할 근심이라도
남아 있는 겐지
빈 가슴 두드리는 망각의 꿈

고목나무

오래된 땅에 서 있는 고목나무
굽이치는 세상을 지켜보면서도
아무런 말이 없네

세월은 바람처럼
그 몸을 휘감고 돌아
딱딱한 껍질을 이루고

속으로만 삭여 온 삭풍은
깊고 깊은 마음으로
땅속에 뿌리를 내렸네

너무 고요해
죽은 듯이
살아 있는 고목나무

오늘도 앙상한 가지 사이로
바람이 지나가네

고목나무 2

고목나무에게 말을 걸어 보고 싶다
무엇을 보았냐고
무슨 일이 있었냐고

깊이 감춰 둔 사연 속에서
검게 메말라 온 가슴을
이제 그만 풀어내어 보라고

안타까운 마음으로도
단단한 껍질을 녹일 수 없어
다만 부둥켜안고 흐느끼는 마음

이대로 말없이 굳어 버린 너
너의 영혼 깊숙이
파묻힌 진실

생의 한 모퉁이에서

슬픔에 담금질 되고
외로움으로 조각되어
무엇이 만들어질거나

머나먼 인생길을
사막처럼 지나와
한낮의 숨 막히는 태양과
까만 밤의 수많은 별빛들을
가슴에 새기고

이제는 오아시스 한 모퉁이에
쪼그리고 앉아
남은 길을 헤아려 보네

잔영

슬픔은 빗소리처럼
아스라한 발자국들을
가슴에 뿌려 놓고

잊혀진 듯 남아 있는
너의 모습은
나의 뒤에서 그림자 되었네

굳이 잊으려 한 것은 아니었지만
세월 따라 그렇게
잊혀져 간 너의 모습

문득 귓가에 들려오는
그때 그 노랫소리에
나도 모르게 흐르는 눈물
남 몰래 닦아 내며

후회처럼 다가오는 너의 모습을
입술을 깨물며 어루만져 본다

덧없는 세월

언제부턴가
나이를 먹는 일이 심드렁하게 느껴졌다
딱히 어느 때부터였는지 모르겠지만

그 전에는 해가 바뀌어
한 살씩 많아지는 나이에 대해
안타까운 의미가 부여되곤 했었는데
이제는 아무리 나이가 많아져도
아무런 감흥도 없고

유유히 흐르는 강물처럼
무심한 생각만으로
달력 한 장을 떼어 내는 것이다

물

물은 아름답다
물은 생명이고 지구이다

물이 있어서 내가 있고
물이 있어서 네가 있다

물은 샘물이 되고
개울이 되고 강이 되며
마침내 바다가 된다

바닷속에는 온갖 물고기들의
세상이 있다

물은 한 모금의 목마름을 축이고
내 몸으로 들어와
피가 되고 살이 된다

물은 대지의 수풀에 싱싱함을 선사하고
수풀은 생물들에게 생명을 부여한다

물은 지구의 깊은 곳에서
폭포가 되고
폭포는 마음의 갈증까지 씻어 준다

물은 비가 되고 이슬이 되고
눈물이 되고
눈물은 사랑으로 싹튼다

물이 있어 네가 있고
물이 있어 내가 있다

사람이니까

예전엔
이해할 수 없는 일들이 많았다
그래서 용납할 수 없는 내 마음이
힘들 때가 많았었다

아니 도대체
어떻게 그럴 수가
저런 짓을 하다니

염치와 양심도 없다는 말인가
최소한의 도덕과 도리도 모른단 말인가

그러나
지금은 알고 있다
사람이니까 그렇다는 걸
사람은 성인도 아니요 군자도 아니요

오히려 한없이 나약하고 허약한 존재라는 걸
자신의 욕심 앞에, 세상의 유혹 앞에
무방비로 내던져진 가련한 존재라는 걸

우리가 사는 세상의 사람들은
너나없이 그런 존재이기에
함께 공존하며 끌어안으며 살아가야 한다는 것을

그래,
사람이니까

벌판에 서서

그대
쓸쓸한가요

그대
외로운가요

바람 부는 인생길을
말없이 걸어가는 그대

쓸쓸함도
외로움도
살아 있음의 의미

인생이 다하도록
마음속에 부는 바람

스치는 그 바람에
인생을 느끼죠

허허벌판에 서 있어도
바람을 느낄 수 있어 행복합니다

살아 있는 모든 것에
감사해요

내가 사랑했던 건

나는 요즘에야 생각해 본다

내가 사랑했던 것이
너의 존재가 아닌
너를 향한 나의 마음이었음을

너는 단지 나의 마음을 흔들었을 뿐이고
흔들리는 나의 마음을 들키지 않으려고
찬바람 일으키며 아프게 외면했던 자존심

너와 나의 사랑은
애초부터 서로 다른 것이었기에
한 발작도 다가설 수 없었던, 그래서
오롯이 나 혼자 견뎌야 했던 그 쓰라림을

돌아서서 무너지던 고통도
그 고통을 혼자 견뎌야 했던 외로움도
아픔 때문에 쓰러져 몸살을 앓은 것도
난 아무렇지도 않은 듯 속으로 삼켜 버렸지

그것이 사랑이었다면
나는 너를 사랑한 것이 아니라

나를 지켜 내려 혼신의 힘으로 견뎌 낸
나 자신을 사랑한 것이었다는 걸

외로움을 아프게 견뎌 내던 쓰라림만이
지금 남아 있는 너에 대한 추억인 걸
지금 생각해 보니
알 것 같아

오늘도 좋은 하루

아침 해가 높이 떠오르니
게으른 마음도 기지개를 켠다

바깥엔 야채장수 트럭에서
싱싱한 삶이 왔다고 방송하는 소리
조용했던 동네에 문안드리고
아직 세수도 안 한 아짐들이
싱싱한 삶을 구경하러 나온다

거실에선 팝노스텔지어가
오래되어도 변치 않는 가슴을 노래하고
집 안을 비추는 하얀 햇살이
맑고 밝은 마음을 속삭인다

바야흐로 가을로 가는 길목에
덥지도 선선하지도 않은
그렇지만 충분히 설레는 기다림으로
바람이 살랑 분다

오늘도 좋은 하루

쉰세대의 고민

우리 시대의 낭만은
그렇게 원색이 아니었는데

우리는
순진했고 순수했고
선과 진실을 추구하는 아름다움
그런 걸 놓치지 않으려는 안간힘
애달픈 마음
있었는데

어쩌다 우리는
속살 다 드러내놓고 시시덕거리는
작부처럼

온갖 적나라함을
부끄럼도 없이
웃으며 쳐다보게 되었을까

못난이

나의 못난 것은
슬픔입니다

당신은 아시나요
내가 왜 슬픈지

지금 와서 생각해 보니
슬프다고 말하면
안 되는 것이었습니다

슬픔은 오로지
나 혼자의 것이었는데

슬프다고 다
털어놓아 버렸던 겁니다

슬프다고
화를 냈던 겁니다

못나기만 했던
나의 모습이
한심하고 부끄럽습니다

당신은 아실까요
내가 왜 슬픈지

부자는 아니에요

그렇습니다
삶은 언제나 강퍅하고
주어지는 휴식은
야박하기만 하죠

들리는 소문은 언제나
얄팍하고
가게 문을 열어도
먼지만 쌓입니다

오늘 하루 일당은
턱없이 모자라
남는 것 없는 주머니

그러니 이제
부자가 되기는 틀린 거지요
돈 많은 부자
아무래도 난 아닌가 봐요

난 그냥
삼시 세 끼 기쁘게 먹고
근심 없는 단잠을 자고

욕심 없는 하루를 살까 해요

너나없이 주어진 짧은 인생
마음 편히 즐겁게 살아간다면
모자람 속에도
기쁜 웃음 가득하단 걸
알 수 있을 테니까요

답답한 날

그래
미워하는 것도
화가 나는 것도
내가 모자란 까닭이라고 하자

용서하는 마음도
너그러운 마음도
웃음거리일 뿐

그냥 쿨하게 잊어버리기
그따위 것들은
나와는 아무 상관없는 것

그들에게는 그들의 세상이 있고
나에게는 나만의 세상이 있으니

나는
나의 꽃밭에 화초를 키우자

살아 있다는 것은

이 세상이 덧없고
고통뿐이라

아무런 살아야 할
이유도 없고 게다가
이 꼴 저 꼴 보기 싫다면

더 이상 살아서 뭐하나
깔끔하게 죽는 게 낫겠다
생각하겠지요

하지만
죽음은 고통을 잊게 할 수는 있겠지만
더 이상 아름다움을 느낄 수는 없어요

살아 있다는 것은
불어오는 바람의 상큼함과
작은 풀잎이 얼마나 아름다운지를
느끼게 해 줍니다

인생은 덧없이 흘러가도
우리의 삶은 느낌으로 충만해지는 것
그것이 생명이에요

매미 소리

매미들의 노랫소리가 찌르르르
아우성처럼 울려 퍼지는 늦은 아침

입추가 지나고 난 뒤의
매미들의 울음소리는
처연하다 못해 초연함을 느끼게 한다

7년을 땅속에서 번데기로 살다
여름 한철 날개 달고 울다가는 매미

한여름을 다 지내고 이제는
서늘한 바람에 떨어지고야 말
검푸른 잎사귀들 사이에서 울어 대는 그 울음소리는
서글픔의 노래 아니면
한세상 잘 살다 가노라는 작별 인사인 걸까

나는 그 노랫소리와 함께 인생을
토론하고 싶어진다
매미와 함께 술잔 앞에 놓고
긴 어둠과 짧은 인생에 대해 논하며

그래도 인생은 아름다웠노라고

뮤지컬처럼 노래하는 매미에게
파안대소로 맞장구를 치며
결국엔 아무것도 남지 않을 인생을 위해
술 한 잔 따르고 싶다

두터운 사람

아무리 해도 변치 않는
그런 두터운 사람이
있었으면 좋겠다

조금만 거슬려도 휘까닥
변해 버리는
그런 사람 말고

내가 좀 실수를 하고
잘못을 해도
나의 근본은 그렇지 않다는 것을
끝까지 알아줄 사람

아니 내가 큰 잘못을 저질렀대도
그럴 만한 사유나 사정이 있었겠지 하고
헤아려 줄 사람

내 마음이 마르고
갈라 터진대도
밑바닥까지 적셔 줄 그런 사람
있었으면 좋겠다

사람

사람은 저마다 짊어진 괴로움
모두 있으니

사람을 볼 때는
그의 외양을 볼 것이 아니고
그가 얼마나 힘 있는 사람인가를
가늠해 볼 것이 아니고

그가 외로움을
어떻게 이겨 나가는 사람인지
그의 삶의 무게를
어떻게 감당해 나가는 사람인지를
먼저 헤아려 봐야겠다

각자 짊어진 인생의 무게를
바라보아 주고
위로와 격려와
힘을 보태 줄 수 있기를
그 눈물 닦아 줄 수 있기를

심연

살다 보면 어느 때
무작스럽게 불안하고 막막한 시간과
마주하게 될 때가 있다

까닭 없이 슬프고 두렵기도 하고
마음이 깊이 허물어져 갈 때

둘러보아도 보이지 않는 어둠
가맣게 드리우는 그림자
녹아내리는 가슴

그렇게 한참을
어둠 속을 침잠하는데
혼돈의 끝에 다다랐을까

어떤 알 수 없는 힘이
밑에서부터 뭉게뭉게 일어나서
허물어지는 마음을 받쳐 주고
막막한 두려움을 밀어내는 걸 느낀다

어둠을 밀쳐내는
새로운 기운이

내 속에서 솟아오르고
조용히 은은한 소생의 기운을 맛본다

내 속에 존재하는 영혼의 힘

슬픔의 로제와인*

슬픔은 와인처럼
적당히 채워져서 나를 적신다

침묵해야 하는 많은 것들은
눈물이 되어 와인 잔에 녹아내리고

나는 혼자
그 쓴 잔을 들이킨다

어른이 된다는 건
침묵으로 우려낸 와인을
쓸쓸히 마시는 법을 배우는 것

침묵과 눈물의 로제와인
한 잔에 취하면
만사 오케이

*로제와인: 화이트와인과 레드와인을 섞은 것

그래도 인생은

그래도 인생은
어느 시인의 말처럼
아름다운 소풍이었다고

비가 오고
눈바람 불어
슬프고 시린 때도 있었지만

봄이면 새싹이 움트고
아침이면 새로운 햇님이 솟아올라

수줍은 소망으로
꽃처럼 피어나는 마음

슬픔도
아픔도
사랑이었음을

나그네처럼 와서
잘 구경하고
잘 놀다 가는
한바탕 꿈이었다고

2 부

사십대의
회상

/

외로움은 말이 없다
말로도 소용없는

새 한 마리 날아와
파닥거리다 가 버린다
바람마저도
머물지 못하는

사물은 멈추어져
무색으로 변질되었다
돌아누워
벽을 본다

친근하다
벽에 기대어 앉는다
따뜻하다

/

건망증

깊은 생각 속에서
일어났다

잊기 전에
적어 놓아야지

그런데
연필이 어디 갔나

연필 찾아
적으려 할 때
하얗게 지워진 생각

허…….

불혹

나의 슬픔엔
이유가 없다

아무 연고 없이
짙은 안개처럼
나를 휘돌아 가는

이 모진
그리움아
외로움아
서러움아

산아
대답해 다오
바다야
말해 다오

불혹의 나이에 찾아온
통곡 같은 슬픔이여

유혹

공연한 것이지
사랑한다는 것도
미워한다는 것도

허무한 삶에
그저 드센 발자욱일 뿐
결국엔 스러져 버릴
부질없는 감정의 소모

인간으로 태어나
푸른 소나무처럼이야
살 수 없겠지
저 커다란 바위처럼이야
살 수 없겠지

그러나
불꽃처럼 타오르고픈 유혹
人間이여!

기다림

하늘이 어둠을 준비하고
오늘도 하루가 저물었다

기다렸던 소식은
오지 않았다 이제 그만
잊어버리기로 해야
하나 보다 어차피 아무런
약속이 있던 것은
아니었다

바람이 송화가루를 날리듯이
나의 그리움이 행여 그의
마음에 날아갔기를
바랐었지 날아간 건
높이 나는 새였어

번지는 노을은 산하를
태우고 그리움도 태우고
마지막으로 나를
배웅한다

귀향

언뜻 둘러보니
저만큼 내가 서 있다

어느새
나로부터 이만큼
멀어져 왔던가

무엇을 헤매이던
길이었을까

발밑엔 잡초만
무성 무성

돌아가야겠다
나에게로

위선

나의 작은 삶으로
세상의 모든 것을 다
말할 수는 없으나

고통받는 사람에게
위로하는 말은
언제나 진실이기를
바라지만

내가 그와 같은
고통을 받을 때
그와 같은 위로로
일어날 수 있는 것을
증명해야 한다면

나는 과연 그럴 수 있을까

관람객

나는야 언제나
점잖은 관객
아무것도 할 줄
아는 게 없어
그저 하릴없이 혼자
웃기도 하고
공감하기도 하고
때로 분개하기도 하지만
관객석에서 영원히
일어날 줄 모르는

배우들은 나를 손가락으로
가리키며 어이,
내려와서 해 봐
라고 말한다

나는야
人生의 외로운 관람객

벽

외로움은 말이 없다
말로도 소용없는

새 한 마리 날아와
파닥거리다 가 버린다
바람마저도
머물지 못하는

사물은 멈추어져
무색으로 변질되었다
돌아누워
벽을 본다

친근하다
벽에 기대어 앉는다
따뜻하다

계란 장수

- IMF 시대에 부쳐 -

울며 겨자 먹기로
희망퇴직자 신청서를
제출하고 위로금은
신문지로 꽁꽁 동여매어
안전한 은행 찾아
갖다 맡기고

천장을 쳐다보며
이 궁리 저 궁리
마누라 눈 껌벅껌벅
자식놈 멀뚱멀뚱

정보지에 나온 회사 이름
그럴싸하게 취직해서
은행에 싸 놓았던 돈 쪼개
회비로 내고 이제야
월급이 나오겠지 돈 까먹으며
열심히 일했더랬지

룰룰룰
(얼마나 다행이야)
세상은 그런 것

(그래도 난 노숙자는 아냐)
계란 왔소 계란 사려
한 판에 이천 원

들국화

너를 처음 만났던 건
어렸을 적 학교 가는 길
에서였지 고불고불 산길
지나갈 때 너는 나를
배웅해 주고 마중해 주었던
친구였지 어느 날
버스를 타고 가다가 너를
봤어 비포장도로의 자욱한
먼지가 너의 얼굴에
지저분히 묻어 있었지 내 가슴에도
눈물들이 먼지처럼 번졌어 그때는
왜 그래야 했을까 입을 꼭 다물고
너를 외면했어 엄마 생각이
났더랬지 학교 가는 길에
가방 속에 꼭 넣어 가지고 다녔던
가위 워낙에 질긴 너의 고집
싹둑싹둑 잘라 아픈 엄마
머리맡에 꽂아 놓았던 너의 얼굴을

가을엔

가을 들녘에
나가 봐야 해 난
파아란 하늘 아래
가슴 여리게 서 있는
하얀 코스모스
그 얼굴을 볼 테야

외로운 언덕빼기
그 사선 위에서
무언가를 말하려는
억새풀들 그
이야기를 들어 봐야 해 난
가을 들녘에 나가 볼 테야

아, 그 들녘에서
서늘한 바람을 만나 봐야 해
온몸을 스치는 차가운
淸節의 애무를 사모했노라고
마른 풀잎에 주저앉아
고백할 테야

단잠

깊은 잠
또
그 잠
속으로 가면
그곳에 나의 꿈이 있다

또 다른 하얀 우주
타임머신을 타고
꿈속 나라를
여행 중이다

슬픔이 있기 전
웃음도 필요치 않던
태초의 평화가
그 속에 있다

깊은 잠을 타고 가면

거미

이쪽에 있는 풀잎과
저쪽에 있는 풀잎에
보이지 않을 만큼 깨끗한
줄을 걸친다

또 다른 이쪽의 풀잎과
또 다른 저쪽의 풀잎에도
이슬만이 알 수 있는
줄을 음흉히 걸친다

신비하고도 영롱한 그
줄이 너의 마음을
神처럼 동여매었던 줄이냐

이제는 그 줄을 풀어
먹이 사슬을 만들고
神에게 복종하려는 것이냐

바람의 도시

가을의 도시는
바람이 된다

우뚝이들 서 있는 빌딩들도
거리를 꽉꽉 메운 차들도
물결치듯 오고 가는 얼굴들도
한순간을 스치는
바람이다

눈을 씻고 다시 보지만
그것들은 휙― 휙―
지나가고 마는
바람일 뿐이다

아, 우리의 삶은 이처럼
말문이 막히게 짧은
바람으로
지나쳐 가는 것인가

버스 정류장에서

벌써
30분이 지났다
많은 버스들이
나의 앞을 스쳐서
다른 동반자들을 태운 채
나에게는 이별을 고했다
나는 나의 버스가 그리워
눈물이 나려고 한다

거리의 네온사인이 밝은
어둠 속에서
지쳐 가는 마음을
가로수에 기댄 채로
기다리는 법을 복습한다

언젠가는 올 것이다
이 자리에 선 채로 내가
나무가 된다고 해도
버스는
제가 서야 할 그 자리에
찾아올 것이다

슬픔

잠을 자면
슬픔을 잊을 수 있을까
생각하고 잠을 잤습니다
그러나 슬픔 때문에
잠이 오지 않았습니다
그래도 잠을 자야 했습니다
슬펐기 때문에 안 잘 수가 없었습니다
그래서 슬퍼하며 잤습니다
그런데 잠 속에서도 여전히 나는
슬프다는 걸 알았습니다
잠 속에서도 슬프다는 걸 알고
나는 잠 속에서 더욱 슬펐습니다
한참을 슬퍼하고 일어나 보니
잠 속에서는 슬픔이던 것이
깨어서는 고통이 되었습니다
그렇게 고통스럽기보다는
슬픈 잠을 자는 것이
차라리 슬프지 아니하지 않겠습니까?

아닐지도 모릅니다

어쩌면
나의 그리움은
당신을 향한 그리움이
아닐지도 모릅니다

어쩌면
나의 그리움은
또 다른 나를 향한
그리움일지도
모릅니다

내가 무엇을 원하는지
내가 무엇을 말하려는지
내가 무엇을 생각하는지
나보다 더 잘 알아줄
또 하나의 나를
그리워하는 것일지도 모릅니다

그래서
당신을 향한 그리움이
아닐지도
모릅니다

배웅

이제는
당신의 옷자락을
놓아야겠습니다

아쉬움으로
너무 오래
붙잡고 있었습니다

다른 모든 것들은
미래로 달려가 버렸습니다

여린 손을 펴서
당신을
나의 과거로
배웅하겠습니다

순식간에 당신은
나의 미래에서 멀리 떨어진
과거로 옮겨 갔습니다

아아, 당신은 이제
나의 과거입니다

사진 한 장

당신께서 저 머언
가로수 사잇길을 오시겠다면
저는 버선도 신지 않고 뛰어나가
길 끝까지 달려가겠습니다
그러나
달려가 맞이할 당신은
꿈같이 사라진 채
아득한 하늘만 보입니다

오랜 세월 앨범의 한구석에
보물처럼 자리한 옛 사진 한 장
당신과 나와 어린 언니가
다정하게 웃고 있습니다
영원히 아름다운 당신의 모습이
세상을 살다간 의미입니까
당신의 삶이 가졌던 흔적입니까

달려가 맞이하고픈
구름 같은 당신

감기

알 약 한 알 먹고
얼굴 내밀면 안 돼
손도 내밀면 안 돼
발도 집어넣어
두툼한 이불을 내 몸 위에
가장자리 꾹꾹 눌러 주시면
한증막 같은 이불 속에선
어느새 땀이 주루룩
아빠, 땀 다 났어요
그럼 머리카락 조금 내밀어도 된다
조금씩 조금씩
땀을 식혀 가며
조심스레 휴-, 살았다
아빠 손도 내 이마 위에서
안도의 숨을 쉬는
숨바꼭질 같았던
어렸을 적 감기

외면

세상을 살아가다
아름다운 것을 보면
가슴에 꼬옥 품고 싶지만

꽃을 품는다고
꽃이 될 수 없고
꽃은
꽃으로 외로우니

차라리

이름 없는 공동묘지
말없는 무덤이나
끌어안고 흐느끼련다

눈물

마음속에
강물이 흐른다
조용히
흐르는 강물

강물 위엔
물안개 피어오르고
안개 너머엔
아름다운 땅

이 강에
종이배를 띄우면
저 땅에
다다를 수 있을까

하얀 날개옷으로
단장하고
종이배에 사뿐히
즈려 앉아
노를 저어 볼까

가을 산

여름내
품어 두었던
열정

한에 겨워
터뜨리는 듯
여기저기 물드는
단풍

하늘은
옥색 두루마기
그리움에 찬
님의 모습

흐르던 구름은
차갑던 바위에게
안부를 묻고

단풍이 붉어질수록
더욱더 파랗게
짙어 가는 하늘

겨울나무

바람은 늘
어디론가 떠나고
떠나야만 한다

바람이 지나간 길
위에는 추억처럼
낙엽이 구르고

잎을 떨구어 낸
나무는 겨울을
견뎌 내야만 한다

겨울은 冬眠
나무의 깊은 곳에는
푸른 샘물이 흐르고 있다

겨울 안개

비가 왔다, 겨울비,
거리에는 회색빛 안개가
커피의 연기처럼 피어오르고, 뿌옇게,
나는 그 안개 속으로
발소리를 들으며 걸어갔다

아무리 걸어도 길은
자꾸 생겨났다, 끝없이,
내가 길을 가는 것인지
길이 나를 따라오는 것인지

산이 안개에 싸여 보이지 않았다
하늘도 없었고, 바람도,
저기쯤 항상 있던 굳건한 바위도,

거리의 소음들은
안개 속에 파묻힌 듯
귀에 들리는 건
겨울비 밟히는 소리

송년의 귀퉁이에서

흐르는 물 같은 세월에
선을 긋는 것도
인간만이 하는 일

늘 아쉽다고밖에
할 수 없는 인생
그것이 삶인 것을

더 잘해 보련다고
생각하는 것도
이제는 부질없고

차오르는 욕심을
퍼내는 일만이
남은 날의 할 일이라네

유리벽으로 들어가는 門

너는 투명한 유리벽 속에 있고
나는 아직 문을 찾지 못했어
유리벽에 손바닥을 밀착시켜 너를
느껴 보려 하지만 아무것도
전해져 오지 않는다 너의 눈길은
어딘지 먼 곳을 바라보고 있을 뿐

내가 있는 곳이 히말라야의 산봉우리
일까, 너는 그 얼음의 빙각에
들어 있는 걸까, 강렬한 태양으로도
해빙할 수 없는 막막한 시간 앞에
차가운, 죽음보다 차가운
저온으로 나의 피를 얼려 나도
그 빙각의 한 부분이 된다면
너를 느껴 볼 수 있을까

차라리 나를
끌로 다지고 대패로 밀어
문이 된다면,
문이 되어 언제든 너에게로
열려 있는 꿈이 된다면

입춘

어서 오셔요
꽁꽁 언 땅 위로
말굽소리 내며 먼 길
다녀오시는 주인처럼

아시겠지만 술은
아직은 다
녹지 아니하였어도
잔치 준비는 일러두었습니다

예쁘게 쓸어 놓은 마당에
장독마다 걸레질을 하였고
걱정하시는 화초들도
이제 곧 깨어날 것입니다

지친 두루마기일랑
이리 주셔요

열어 놓은 대문이며
방문마다 기다림으로
설레이고 있습니다

어서 오셔요
미지의 나라에서
오색의 복주머니
사 오시는 오라버니처럼

어쨌든

소원처럼
죽고 싶던 날들이
있었지

존재에 대한 혐오
존재에 대한 부끄러움
존재에 대한
소름처럼 돋아나는 거부감으로

하지만
어떤 이유에서건
살아남아야 한다는 존재의 정의가
어쩌면 나를
안도하게 했을지도
모를 일이야

어쨌든 자랑스러운 건
지금 내가 살아 있다는 것이고
그건 아무튼 치열했던
삶의 투쟁에서의 승리
라고나 할까
웃을지도 모르지만

풀잎처럼 수줍게
웃으면서
살아 있다는 것이

소낙비를 그리며

저는 비를 무척 좋아한답니다

비를 맞는 것도 물론 좋아하지만
세찬 빗소리는 정말
끝내 주지요

땅을 뚫어버릴 듯이 내려 꽂히는
빗줄기를 바라보면
가슴속에 쌓였던 먼지들이
케케묵은 그 먼지들이
깨지고 흩어져서
씻겨 내려가는 통쾌함으로
살맛나는 기분이지요

그렇게 천둥처럼 번개처럼
내리치던 비가 아쉽게도
그치고 나면 그제서는
수줍은 새 햇살이
애교처럼 비추이는 건
못 말리는 일입니다

그건 좀
귀찮지만 사랑하지 않을 수
없는 아양으로
눈부시게 다가오는
삶과 같은 거지요

봄을 지나가는 사람

혼자 뒷짐을 지고 저 아래 오솔길로
올라와 산등성이를 지나가던 사람은
산책을 하던 것이었을까 아니면
그냥 그 길을 무심히 지나가던
것이었을까

어쩐지 무거운 머리를 사선으로 받치고
발걸음은 느린 듯 신중한 듯 혹은
심심한 듯 조심스러운 듯했으며
시선은 길가에 새로이 돋아난 풀잎들을
보는 듯 안 보는 듯하였지만
그를 감싸고 있는 기운은 분명
봄의 나른함과 또 그 나른함을
이겨 내야 하는 고단함으로
무거운 아지랑이처럼 갈등을 겪고 있었지

그러므로 만일 그가 그냥 지나가는
길이었다고 해도 그건 그냥 지나간 것이
아니라 산책을 한 것이었고
산책을 하기 위해 그 길을 지나가야만 했던
거라고

마음대로 생각해 버린 것이다

그리움은 계절처럼

문득
당신이 돌아왔다는 걸 알았습니다
아침에 세수를 하려고 떠 놓은 물에서
당신은 나를 바라보고 있었습니다
젖은 얼굴을 수건으로 닦을 때에도
당신은 거울 속에 있었습니다

거실의 유리창에도
전철의 차창 속에도
당신의 모습이 어른거립니다

그렇게 그리움은
다시 내게로 왔습니다
지나가 버린 계절처럼
잊고 있었던 당신의 모습은
계절처럼 또 그렇게
머물다 가려는가 봅니다

나는 바다

나는 바다
바다 위엔 언제나
파도가 출렁이고
파도는
나를 사랑하는 바다

바다는
파도를 타고 달린다
달려가서
(거기엔 언제나 검은 바위섬이 있고)
있는 힘을 다 해
부딪친다, 부서지고
부서지는 바다
깨어지는 아픔과 통쾌함으로
찬란히 흩어져

수많은 물방울이 되고
물방울은 무지개가 되고
무지개, 그 무지개를
안고 파도는
다시 바다로 뛰어든다

바다는
무지개를 먹고
출렁이는 파도는
나를 사랑하는 바다

그 동네 이름은 안창마을

부산에 많고 많은 산복도로
그 어느 한 길을 따라
마을버스가 다니고 마을버스는
(마을버스는 대부분 고물차다)
출퇴근 시간엔 언제나 만원이다
물론 요금은 만 원이 아니다

산복도로 끝까지 가서
마을버스 종점에 내리면
20년도 지난 무허가 건물들이
요행히 내 집을 가지게 되기를
달빛처럼 꿈꾸며
스레트 지붕 아래 그래도
갖출 건 다 갖추고 산다

사방이 산이고 언덕이라
새벽마다 약수를 뜨러 다니고
봄에는 영불사가 있는 언덕에서
벚꽃이 눈처럼 흩날리고
아직도 마을에 진달래 개나리가
피어나는 그 동네
이름은 안창마을이다

목련

목련이 진다
탐스럽던 그 자태가
한 잎
두 잎
떨어져 내린다

꽃잎 떨어진 그 자리에
푸르른 잎사귀
아픔처럼 돋아나고

갓 시집왔던
하얀 새댁이
푸른 앞치마 질끈 동여맨
아지매 되었다

슬픈 날에는

슬픈 날에는
많이 먹고 싶다

아무거나 눈에 뜨이는
모든 것
먹고 싶다

무엇이든 먹고
빈 가슴 꽉꽉
채워 넣어

바람 같은 서글픔
휘돌아다니지 못하게
아아,
내 가슴

바람처럼
날아가 버리지 못하게

3월의 마지막 날

아, 아, 떠밀지 좀 마세요
신발 끈 좀 매어야 하니까요
아무리 찬바람 좀 불었다지만
봄을 장만한 건 3월이랍니다

경칩을 불러다가
개구리 깨워 놓고
땅속 깊이 내려가
잠자는 생령들 불러 모아

새순을 재촉하여
봄을 여물도록 해놓았습니다
진달래 수줍게 웃음 짓고
벚꽃이 흐드러지게 피어나는 것도
3월이 있었기 때문입니다

갈증

비가 오는데
나는 목이 마르오

빗소리는
시멘트 바닥 위에서
부서질 뿐이오

답답하오
가슴을 밀폐시킨
콘크리트

삼손의 마지막 힘으로
아스팔트를 뚫고 일어나
와르르

파멸하는 진실

답답하오
목이 마르오

외출

사각의 알 속에서
태어난다
문을 열고

알을 품는 건
꿈이라는 어미와
일상이라는 아비

태어나기 위해
세수하고
화장하고
옷을 입는다

알이 열리고
화려한
출산

진달래 1

오늘도 진달래는
흐드러지게 피어 있다

너는 설움에 겨웠지만
너의 모습은
강산을 수놓은 꽃잎일 뿐

벗과 함께 술상에 마주 앉아
진달래 화전이나 부치고
풍경을 노래하면서
멋들어지게 취해나 볼까나

먼 바위

바위야
이름 모를 바위야

저 먼 산 중턱에
귀엽게도 생긴
전설 같은 바위야

온종일 비석처럼
하늘만 쳐다보며
우두커니 앉아
무슨 생각하노?

도로를 걸으며
육교를 지나며
너를 바라보는 마음을
알기나 하는지

진달래 2

할머니와 이모와
언니, 동무들과
진달래꽃 뜯으러 산에 갔었지

펼쳐진 분홍색 바닷속으로
헤엄쳐 다니며
여릿한 꽃잎 뜯어

한 잎은 입에 넣고
한 잎은 바구니에 담고
한 잎은 머리에 꽂고

동무들과 요정 이름 부르면서
덩달아 요정 되고

할머니는 노을 오시는 발자국 소리
어찌 들으실까

검은 저녁 전등 불빛에
진달래 술 담은 항아리
땅속에 묻으며
어른들은 입맛 다시고

곯아떨어진 잠
산에 두고 온 메아리 소리
꿈속에서 듣는다

바람과 은행나무

저녁 어스름에
창밖을 보니
은행잎들이 조근 조근
속삭이고 있다

이파리마다
무슨 이야기
저리 많을꼬

저들끼리 이야기하다
바람이 '뭔데?' 하고
소리치고 지나가자
'까르르' 하고 웃는다

제비 소리

아따—
이른 아침부터
무슨 할 말 저리 많을꼬

쭈자자 쭈자자 쭈자자자—
삐루루 삐루루 삐루루루—
찌리리리— 삐리리리—

동튼 하늘에서 그 새 예까지
숨 가쁘게 날아왔단 소리인지
숨찬 소리 꽤나 조잘댄다

요란한 수다 소리에
옆집 새댁이 부스스
웃으며 문 열고 나오고

꽃잎

슬픔이란 건 전혀
새로운 것이 아니다

새벽이면 꽃잎에
이슬이 맺히듯
저녁 어스름부터
다시 동이 틀 때까지
고단했던 마음들
검은 거름종이로 걸러 낸
맑은 물방울 같은 것

날마다
꽃잎 같은 마음들
맑은 슬픔 머금고
피어난다

死

면벽처럼 마주 앉아
죽음을 응시한다

그것은 결코
절망이 아닌
고요하고 무한한 희망

죽는다
풀잎처럼 온순히
나를 버린다

죽음은 평화롭고
은은하고
새로움을 잉태한다

무명

누구나 다 이름이 있다고 하지만
우리들은 모두 무명입니다

무수한 세월 속에
기억하는 이름 몇몇
하지만 그들도
언젠가의 기억 속에서는
무명으로 化하여지겠지요

결국은 이름조차도
사라져 버릴 하루를
그렇지만 정성을 다해
숨을 쉬고

아직은 기억하고 있는 이름을
우체통에 넣어 봅니다

왕파리

저녁 무렵에 갑자기 커다란 왕파리 한 마리가
방으로 날아 들어와 형광등 주변에서 정신없이
날아다닌다 아무래도 길을 잘못 들었나 보다 저렇게
큰 걸 보니 나이도 꽤 들었을 터인데 어쩌다가
길을 잘못 들어 저리 황망하고 처량한고 지금이라도
정신을 차려 제가 왔던 길로 다시 나가면
아무 일 없는 듯 돌아갈 수 있으련만

다음 날 아침에 보니 그놈은 끝내 방바닥에
떨어져 있다 내가 너의 시신을 거두어 주는 것은
억겁의 어느 때에 너와 나의 인연이 있었던 것일까
혹시나 너는 그 인연을 찾아 헤매다 이곳에
날아왔던 것일까

길 위에서 뛰다

숨이 막혀
버스에서 내렸다
차를 타는 것보다
차라리 걸어가야 할 것
같았다

걷다 보니 왜 차들이
움직이지 않는지
확인하고 싶어졌다
교차로에서 신호기가
고장 난 게 틀림없어
다시 가슴이 답답해져
왔다, 두근거리는 심장

갑자기
아무런 의식도 없는 채
(망연하게)
뛰기 시작했다
(멈추어 있는 도로 밑으로
지하철은 떠나고 있을 거다)

사방으로 정체되어 있는
이 길을
벗어나야만 해
헉헉거리며 길 위에서

6월, 서울 하늘

장마가 밀려오려는지
회색빛 하늘이
서울을 바라본다

비가 눈물처럼 쏟아지는
해마다 이맘때
한강의 철교를 바라보는
마음 새롭고
눈부신 빌딩들도 새삼스럽다

형과 아우가
서로의 가슴에 총을 겨누었던
가슴 저미는 이야기를

하늘은 차마
잊지 못해
먹구름 몰고 오나 보다

하늘

파랗다
파랗구나
어쩌자고 그렇게
파란 것이냐

그리움 깊어
멍든 가슴처럼
눈물 뚝뚝
떨어질 하늘

버드나무

강가의 버드나무
제 삶에 겨워
늘어졌구나

늘어진 가지마다
매달려 온 세월
하냥 고단한데

물그림자에 비추이는
늙어 가는 제 모습에
푸르르른 웃음 웃고

초연히 부는 바람에
한드르리 인사하는
모양 가이롭다*

*가이롭다: 가이없다(끝없다, 한없다, 가없다)에서 따온 말

가을 유감

가을은 또
오고
변함없이 하늘도
높고 파란데
무엇이 어떻다고

가을이면 가을마다
국화는
두 손 모아 쥐고
가슴을 다리우나

풍성한 만물
온갖 열매들 즐겁고
산천도 알록달록
예쁘게만 물드는데
무엇이 어떻다고

코스모스는
옷깃을 세우면서
오고 가는 바람에
마음을 시리우나

겨울 산에서

겨울의 산골짝에
귀 기울이면
어디선가 물소리

봄 여름 가을
부산하던 계절이
겨울님의 품속에서
포근히 잠들고 있는데

세월 같은 물은
멈출 수 없어
얼음 밑에서 차갑게
맑은 소리로 흐른다

흐르는 얼음물에
세월 따라 지쳐 온
마음을 담가
깨끗이 씻고

겨울님의 팔에 안겨
새 봄을
꿈꾸어 볼까나

봄에는

봄에는 어디로든지
쑥을 뜯으러 가고 싶다

촉촉이 녹은 땅 위로
돋아난 쑥과

쑥 향 흙 향
맡으면서

땅이랑 겨울이야기도
나누고

돌아올 때는
꾹꾹 눌러 담은 쑥 자루
이고 오면 좋겠다

마음으로

태초에 말씀이 있어
세상을 창조했다고
한다

그래서 그런지
세상엔
말이 너무 많다

말하지 않으면
아무것도 알 수 없고
사랑도 미움도
의심 도가니

신이여
당신은 왜
마음으로 세상을
지으시지 않고

우주 공간에서

무슨 의미가 있는 것일까
삶과 죽음 사이에 놓여 있을 뿐이다

모든 아름다운 것과
가치 있는 것과
유구한 자연까지도

우주의 관념 앞에선
무의미하다
하물며
인간의 문명이랴

언제부턴가
물질의 허상만을 쫓고 있는 우리
고향을 잃어버린 탕아들

갈 길을 모른다

속리산

퍼어런 중머리 그런 모양으로는
살고 싶다고 생각해 본 적도
없다

고단한 마음 둘러메고
헤매이듯 멀어져 온 길

맑은 샘물 보며
웃고
큰 바위 보며
웃음 짓다가

산,
산,
산이 되었다

빗소리

새벽에 눈을 떠 보니
아직 깨어나지 못한 하늘에서
비가
쏟아지고 있다

바람도 없이
비어 있는 대지 위를
세차게 두드리는 저

비와 나만의 시간

그 소리 자못
달콤하고 황홀하다

무당굿

칼날 위에 올라간다
서늘하게 날이 선
작두의 칼날

춤을 춘다
춤을 춘다
눈을 감고
정의의 두 팔을 휘두르며
神과 만난다

너의 정의는
神의 정의이냐
작두의 칼날 같은
삶의 정의냐

눈을 뒤집고 들어오는
혼령
벅찬
영혼의 축제

하느님

내가 만일 하느님
당신이라면

키워 준 할머니를
칼로 찔러 죽인 16세 소녀- 들
폭행으로 아들을 숨지게 한
남자- 들
아들의 손가락을 잘라
생활 밑천을 삼으려 했던 아버지- 들
7개월 된 아기를
재래식 화장실에 던져 빠져 죽게 한
엄마- 들

나약하고
처참한 영혼
지겹고 어긋나고 괴로웠던
삶들 앞에

참회의 눈물을 흘리겠소

달아

너는
어둠 속에서만 더욱
아름답고

스러졌다가 다시
살아나는
요염한 그 모습으로

바라볼수록
따스한 듯
차가운 듯
애를 끓이는 구나

커다란 물동이 하나
가져다가
오늘은 너를
담아 보아야겠다

동강

굽이굽이
돌아간 강

못내 아쉬워
돌아가는 강

산줄기 줄기마다
휘감긴 그리움

물결처럼 일렁이는
그대 그리움

물안개 자락으로
가슴여미며

차마 차마
돌아가는 강

난쟁이 나라

미래라는 것은
아주 먼 곳에 있는 거라고
생각했었지

인생은
아주 먼 곳까지
달려가야 하는 거라고
믿었었어

지금은
과거도 미래도
내 옆에 하나씩 앉아 있고

인생은 기껏해야
10센티의 작은 길이로
발밑에 놓여 있네

지나온 일들이
마치 난쟁이 나라의
병정놀이를 보고 온 것만 같아

이제 한 발만 더 디디면

난쟁이 나라의 미래 밖으로
나가 버릴 것만 같구나

석굴암

토함산 산자락을
굽이굽이 휘굽이
굽이져 올라

그 깊은 산속에
님 계신 줄
어찌 알았던고

장엄한 일출이
아침을 깨우니

님이여
눈 뜨소서

구도자의 돌 쪼으는 소리가
산을 울리니

지금도 그 소리
귓전에 들리는 듯하여라

흙

너는
무수한 생명

한 알갱이마다
수많은 영혼

그렇지
수억만 년을 지나
수억만 년 동안

무수히
되돌아왔던

너와
나

산새

가슴에 겨운 노래는
쪼롱 쪼롱 쪼로롱

나뭇가지 사이로
울려 퍼지오

산속엔
아무도 없는데

새만
홀로
지저귀오

무엇처럼

착한 사람처럼 살지 않게
하소서
겸손한 사람처럼 살지 않게
하소서
온유한 사람처럼 살지 않게
하소서

그리하여
그 무엇처럼 살지 않게
하소서

다만 진실 앞에 정직하고
자유롭게 하소서

신열

하루 종일
잠을 잤다

알 수 없는 꿈들이
방문을 들락거렸고

무수한 질문들 역시
머릿속을 들락거렸다

몽유처럼 일어나
세수를 한다

그냥 사는 거야

하늘

높고 파란 하늘에
작은 마음 쏘아 올리면

하늘은 마음이 되고
마음은 하늘이 되어

이 넓은 세상에
살아가는 모든 것과
죽어 가는 모든 것들

회색 구름처럼
슬퍼지지 않게

파아란 마음을
드리우고 싶다

나무

나뭇가지가 바람에
살랑 사르랑

왜 이리 즐거울까
저 조용한 움직임

마치 발레 하는 우아한
모습 같아
나도 같이 빙그르 빙글
무용을 해 보고 싶어

나무의 손을 잡고
어여쁜 인사를 하며
빙글 빙그르

바다로 가야지

수평선 끝자락부터
둘둘 말아
액자에 끼워 둘 거야

고래가 들어 있는
바람 부는 바다를
가슴에 달아 놓고

맨발로
검푸른 물결 위를
걸어 다닐 거야
나의 바다

그래서
나만의 바다로 가야지

갈매기 떼들은
하얗게 자유롭고

가로등

가로등은 외롭지 않다
특히나 네온사인이 아닌
오래된 골목길에 초라한
허수아비 같은 가로등은

타인 같은 버스에서 내려
끝없는 골목길 올라갈 때
지친 발걸음을 인도하고
세상 근심에 까매진
마음을 밝혀서

그래도 한세상
살아 볼 만한 것이라고 타이르는
어머니의 마음처럼
은은하게 비추이는 빗살

호박꽃

초록빛 뚝 뚝 맺힌
잎사귀 사이로
노을 같은 황금빛 꽃잎
꿀단지처럼 열매 하나씩
끌어안고
꿀꺽 침 넘어갈 듯
무르익는 호박꽃

할머니의 곁눈질로
돌보는 둥 마는 둥
키워 놓은 호박 덩굴
꽃은 금덩이처럼
노랗게 겨워 주홍색으로
마음 물들이고

지나가는 길손들
둥근 호박 슬금 쳐다보며
속으로만 침 삼킨다

비

비는
끝이 없는 나라에서
오시는 손님

차분하게도 들리는
발자국 소리에 마구

달려 나가 온몸으로
맞이하고픈 설레임에
내다보면

어느새 헤아릴 수 없는
동그라미로
머언 나라 이야기들
몰고 와서

연못 같은 마음에다
물빛 파문들 후두두둑
떨어뜨린다

바위

무어라 바위를 깎아
부처를 지을까

수억만 년의 세월만큼
깊은 가슴 닦아 온
무언의 道

희노애락을 말하지 않으니
무한한 해탈의 세계

삶을 닦는 사람들
바위 앞에 와서
길을 묻네

바위 2

無心한 그 모습이
더욱 미더워

기대기도 하며
오르기도 하네

구름처럼 나의 삶
흐르른 뒤에

하나의 풀꽃이나
되어

바위 밑에
피어나 볼거나

바위 3

산을 오르면
바위 모습이 먼저
마음에 들어온다

다정한 말 한마디
없어도
반가운 바위

고단한 외투
벗어 놓고
걸터앉으면

말없이 토닥이며
따스하게 미소 짓는

한없이
편안한 바위

달

한가위에 앉아
달을 보며

세상만사 저렇게
둥글둥글하기를
빌고 또 빌어 보네

둥근 달이라고
가득 차기만 하련가

아마도 저 달은
비우고 또 비워 낸
빈 그릇인가 하여라

귀가길

횡단보도에 서서
파란 불이 들어오기를
기다린다

함께 기다리는
많은 사람들

우리는 모두
돌아가는 길이다

불이 켜지면 우루루
각자 제 갈 길로 떠나보내고
나도 집으로 간다

아늑한 삼파장
스탠드 불빛을 그리며

생의 찬가

어느 억겁으로부터
내려와 있는 것인지
새로운 환희로 탄생했던 너

어느덧
중년이구나

애타던 청춘
애닲던 젊음
지금은
천 마리의 종이학으로
책상 위에 놓여 있다

고요히
떨어질 때를 기다리는
낙엽처럼 조용히
사라질 날을 기다려야 할
남은 날들

그러나 단지
살아 있음으로 해서
아름다운 너

3 부

젊은날의 초상

/

시름없이 운명을
셈하여 보니
뺄 것도 더할 것도
없는 것이었네

태어나서 이태도록
발버둥 치며 살아온 것이
내 재주는 아니었어

무엇을 구하며
무엇을 바랄 건가
하늘에 떠가는 구름도
정처 없이 흘러가니

이 만사 저 만사에
구름 같은 마음을
흘려보내기나 할까

/

님의 고독

나는
님을 떠났습니다

노아의 방주를
떠나오듯이

님을 떠날 때에
님은 나에게
고독을 주셨습니다

내가 탁류에 떠내려갈 때에
고독은
나의 작은 조각배가 되었습니다

고독은
나의 님이 되었습니다

환상

고향 산천을 하나하나
내 앞에 가져다 놓습니다

굽이굽이 넘어가는 재
시꺼먼 바다를 끼고 달리던 철도길
길옆 논밭에 누워 있던 엄마소
거리거리에 쏟아지던 햇빛
먼지 나던 버스길에 들국화
논둑가에 돋아나던 쑥
길에 채이던 돌멩이
뒷산에 음침하던 나무들
자연보호 하던 지저분한 바닷가에
미역 잎사귀도
모두 지금 내 눈앞에 와 있습니다

그때 그 공기, 그때 그 바람
그때 그 하늘, 그때 그 구름이
눈에 코에 마시어집니다

앨범

하마 일 년 지난 오늘
뚜껑 열어 보니
웃음처럼 피어나는 우수
얼굴들은 꼭두각시 춤
소리 없는 재재거림이
그때에 있었더라

그리움

내 눈이
머언 고향을
보는가 하였더니
심장의 고동이
뚝딱 뚝딱
소리납니다

머리가 아찔하는가
싶더니
어느새 눈엔
눈물이 고였습니다

님이 아시지

긴긴
밤 속에
홀로 눈물짓는 것
누가 아나
님이 아시지

헤진
옷차림 속에
은장도 있는 것
누가 아나
님이 아시지

님 찾아 떠난 길
가다 넘어져
부끄러워 못 가는 것
누가 아나
님이 아시지

바보

나보고
바보라고 하지 마시오
바보라고 하지 않아도
바보일밖에 없는
나보고
바보라고 하면
바보일밖에 없는
나보고
바보라고 하지 마시오

손톱

여보세요
손톱을 깎으세요
빨간 매니큐어
하얀 매니큐어
아름답지만
손톱이 할퀸 자리
너무 아파요

여보세요
손톱을 깎으세요

춤

나는
춤을 춥니다

나의 춤은
볼 수가 없습니다
나의 춤은
들을 수가 없습니다
나의 춤은
노래로 할 수가 없습니다

그런데 나는
춤을 춥니다

기억상실

나를
어디선가
보았던 것만 같다

어디서 보았던가
기억이 없는데도
보았던 것만 같은
나

나는 어디에 있던
나일까
나는 언제 있었던
나일까

수억 광년 전
어느 별쯤에
나의 눈물이 있었을까?

부엉이

부엉부엉

기나긴 겨울 숲 속을 지나갈 때에
부엉이가 그렇게
울었습니다

무성한 숲에
달도 별도 가리웠는데
부엉이 소리가
나를 인도하였습니다

아침

깜깜한데
눈을 떴습니다

오늘도
어제와 같이
불안은 공포를 안고
내 옆에 자고 있습니다

내가 눈을 뜨니
그도 눈을 뜹니다
나는 아기를 재우듯
토닥거려서
다시 그를 재우고
나만 일어났습니다

창문이 밝았습니다

영상

날씨가
왜 이리도 차가울까
겨울이라 하지마는

엊저녁에 해놓은 밥이
꽁꽁 얼어서
숟가락으로 깨뜨려서 먹는데

돌아가신 어머니가
날 보고 웃으셨다

혼돈

꽃
꽃
꽃
꽃
꽃
꽃
꽃
꽃
꽃
꽃
?

쌍기역에 ㅗ자에
치읓 받침이 있는데
무슨 이름인지
잊어버렸다

두부 장수

겨울 새벽에
딸랑 딸랑 딸랑
쩔렁 쩔렁 쩔렁
두부 장수 자전거가
지나갑니다

여기 두부 주세요–
어느 집 아주머니가
불렀습니다

차가운 아침에
손 시렵겠지
이불 속에 누워서
생각했습니다

무심

지나간 시절
이야기하리까

맑은 물 졸졸 흐르던
황혼의 그림자가 황홀하던
이끼 낀 개울가에서
빨래를 하였나이다

열한 살 아이는
아빠의 커다란 바지를 빤다고
적적한 줄도 모르고
땅거미가 넘어가도록
친구와 재잘대었습니다

가을 어스름한 산길을
어쩐지 외로운 마음
어린 마음 안고
등성이를 넘어왔나이다

천막을 들치고
들어섰을 때
늘 반기어 주시던 그 어머니

소리가 없어 야속한 마음을
알 수 없어
잠드신 어머니 흔들어 깨웠나이다

영원히 잠드신 어머니
흔들어 깨웠나이다

분노

고독한 사람 되어서
산에 들에 돌아다니며
하늘 밑에 잠자고 싶다
머리 풀으고 흰 옷 입고
맨발로 걸어 다니고 싶다

바다야 파도를 불러오려마
갈매기 등에 타고 하늘을 날으련다
파도야 성내 보려마
너의 성난 몸부림에 휩쓸리련다

고독한 사람 되어서
고개 떨구고
터벅터벅 걸어가고 싶다

거치른 광야를 걸어가고 싶다
태양의 사랑 받으며

존재 방식

어떤 이는 고상하게 살고
어떤 이는 현명하게 살고
어떤 이는 멋있게 살고
어떤 이는 아름답게 살고
어떤 이는 착하게 살고

어떤 이는 몸부림치며 살고
어떤 이는 아우성치며 살고

나는 그냥 구름처럼 바람처럼
살고 지고

작은 꽃

기차선로 사이에
작은 꽃 한 송이
벽력같은 기차 소리를 들으면서
피어났다

방글거리는 꽃잎에
이슬은 영롱하다

아침 해는
전깃줄 사이에 떠올라
작은 꽃을 비추었다

시끄러운 적막 속에서
꽃은 오롯이 하루를 피어내고
해는 땀을 흘리며
서산으로 넘어갔다

빛

한 빛
하아얀 줄기의 끝을
어둠 속에서 보았다

저만치
빛이 놓인 길목에
초라한 발자국
내디뎠다

빛을 본 후부터
고독해진 영혼

날마다
그 빛이 되고자

한계선

당신은
어째서
미소만 짓고 계신 겁니까

당신은
어째서
그렇게 온화하기만
하신 겁니까

오로라의 환상은
나의 기억 속에 생생하고
발걸음은 이미
가시밭 속을 헤쳐 나오는데
가도 가도 끝이 없어
헤매이는데

그렇게 평화로운 손짓만
하시는 겁니까

음악

영혼을
파고드는 소리
파괴하는 소리
알을 깨뜨리는 소리

우주의 소리 없는 굉음처럼
없는 중에 있는 소리
별들이 운행하는 소리
은하수가 펼쳐지는 소리

신과 신이 싸우는 소리
우주가 생성되면서 빚어낸 소리
빛이 부서지는 소리
별이 반짝이는 소리

농악

빙글빙글 돌아가는
돌며
돌아가는
하아얀 춤사위

빨강 파랑 노랑은
빛의 삼원색
두 팔과 두 발은
날래지도 거칠지도 않는
덩더쿵 더덩실

음양과 이기(理氣)가
어우러지고
빚어져서
하이얀 춤사위

6月

버얼써
유월이고나

새순이
익지도 않았는데

가을

가을엔
내 마음 설레인다

가만히 있어도
갈대의 속삭임 들려오고
창문을 열면
저 산 머리에
파아아란 하늘
마음이 부시다

가을엔
내가 돌아가야 할
고향이 있는 것 같아
빈 들판을 서성이면

어디서 불어와
어디로 가는지 모르는 바람
내 얇은 옷깃을
스치우고
나는 길 없는 길에
발자욱을 뿌린다

가을엔
마음이 설레인다
가만히 있어도
기차 소리 들려온다

그리움2

설거지를 하다가
손이 멈추어져서
허망하게 베게로 가서
얼굴을 누입니다

온몸을 쪼그려 안고
두 눈을 꼬옥
감고 있었습니다

어느 날

모처럼
햇빛이 비추었다

맑고 밝은 날인데도
거리는 쓸쓸했다

이렇게 좋은 날
사람들의 표정이
무의미 하였다

차라리
저 공중에서
분해되고 싶었다

연극

우리는 모두
연극을
하고 있었지

언제 막이 올라갔는지
모르는 채
대사를 외치고 있었지

일도 하고
사랑도 했어
농담 중에 진담이 있다고

아니
어쩌면 모든 것은
진실일 수도 있었지만

아무도
진실은 말할 수 없었지

우리는 모두 외롭게
연극을
하고 있는 것이었지

심술

두 손을 바지 주머니에 꾹 찌르고
발로 돌멩이를 툭 차 본다

그래 보아야
외로움은 가시지를 않고
공연히 솟아오르는 심술

야-!
빈 하늘을 향해서 소리를 지르고
잠시 동안 미쳐 볼까나

인생

두려워 할 것 없어

어차피 인생이란
빈손으로 와서
빈손으로 가는 것

남들이 무어라든

모자라면 모자란 만큼
가난하면 가난한 만큼

나는 내 할 일을 하고

귀하신 분이 부르실 때
손에 묻은 흙 툭툭 털고
나는야 가리

까닭

고난은 날로 새로워지고 있습니다
영혼의 소용돌이는
어느 때는 세차게
어느 때는 어지럽게
일어납니다

그냥 소용돌이에 지친 몸을 내맡겨
파멸이건 멸망이건 상관하고 싶지 않지만
그럴 수가 없는 것은
아직도 나의 영혼이
살아 있는 까닭입니다

사랑한다는 것은

사랑한다는 것은
환한 미소를 주고받는 것입니다

코스모스처럼 해맑고
들국화처럼 소박하게
진실을 주고받는 것입니다

사랑한다는 것은
마음의 문을 열어 주는 것입니다

파란 하늘처럼 깨끗하고
새벽이슬처럼 신선하게
거짓 없는 마음이 되는 것입니다

비

비가 내렸다

마지막 빗방울이
풀잎에서 떨어진 후

하늘에서
파란 웃음이
쏟아져 내렸다

비가
언제 내렸단 말인가
햇빛이 저리 눈부신데

비가 내리면
또 어떠하단 건가
더욱 신선해질 것을

거울

거울 속에
피카소의 그림같이
서 있는 사람

해석할 수 없는 태도
이해할 수 없는 표정

저것이
나란 말인가

내가 아니라
나의 껍질이지

그림 속의 사람처럼
본디 마음을
알 수 없어

생긴
그 모습은
너무 슬프다

운명

시름없이 운명을
셈하여 보니
뺄 것도 더할 것도
없는 것이었네

태어나서 이태도록
발버둥 치며 살아온 것이
내 재주는 아니었어

무엇을 구하며
무엇을 바랄 건가
하늘에 떠가는 구름도
정처 없이 흘러가니

이 만사 저 만사에
구름 같은 마음을
흘려보내기나 할까

망연

내 손에서
조각 조각 조각
나의 일기장들이
흩어지고 있다

나의 순수
나의 진실
나의 사랑도
조각 조각 조각
흩날린다

눈물도 멎어 버렸다
진실의 아우성도
멎어 버렸다
그리고
사랑도
이제는 멎자

마치
작은 섬처럼
내 앞에 쌓인
갈등의 조각들

아픔의 조각들
고뇌의 조각들

내 마음은
머언 피안(彼岸)으로 떠났다

허무

이 길엔
허무의 고개가
너무나
많구나

비바람 속에서도
고이
간직해 왔던
나의 꽃 한 송이가

지금은
처참하게
시들어져 있다

승리의 깃발처럼
길의 맨 끝
머무는 곳에
심고자 했었지

아, 차라리 꽃과 함께 죽어 버릴까

끝없이 헤매이던 그 자리에
꽃을 장사지내고

이제는
빈 가슴으로
고개를 넘는다